PETER HACKS

Onkel Mo

Illustrationen
von Michael Baumann

Der Kinderbuchverlag
Berlin

ISBN 3-358-00771-5

2. Auflage 1988

Lizenz-Nr. 304-270/276/88
Satz: Karl-Marx-Werk Pößneck V 15/30
Reproduktion, Druck und buchbinderische Verarbeitung:
Grafischer Großbetrieb Sachsendruck Plauen
LSV 7521 · Bestell-Nr. 631 958 6 · 01480

Onkel Mo, der indonesische Affe

Auf dem höchsten Wipfel der Insel saß ein großer apfelsinenfarbener Affe.
Was er dort machte? Nichts.
Er saß da.

Plötzlich bemerkte der Affe ein nicht hergehöriges Ding, das, weit unter ihm und weit draußen, in der Südsee herumstrampelte.
Für gewöhnlich kümmerte sich der Affe nicht um Wasser-Angelegenheiten. Andererseits fehlte es ihm an jeder besseren Beschäftigung. Er stieg vom Baum, stellte sich ans Ufer und sah sich das Ding an.

Emilie Bellestrem kämpfte mit den Wellen.
Gewiß doch, sie konnte schwimmen. Sie war schon einmal eine dreiviertel Stunde geschwommen und hatte sogar ein Abzeichen dafür. Aber obgleich es erst zehn Minuten her war, daß sie vom Schiff gefallen war, begann ihr der Atem schon auszugehn.
Vielleicht weil sie das Abzeichen nicht mithatte?
Oder vielleicht auch waren die Wellen zu groß?
»Hilfe!« schrie sie, so laut wie möglich.

»Mann über Bord«, sagte der Ausguck zu Jakob Bellestrem, dem Steuermann.
»Wer ist es?« fragte Jakob Bellestrem.
Der Ausguck blickte angestrengt durch sein Fernrohr. »Wenn ich recht sehe«, sagte er, »ist es Ihre Tochter.«
»Natürlich sehen Sie recht«, sagte der Steuermann. »Eine Frau an Bord verursacht nur Ärger, das ist eine alte Weisheit. Aber was sollte ich tun? Ich konnte sie doch nicht allein zu Haus in Doberan lassen.«
Er griff mit starken Händen ins Steuer und wendete das Schiff.

Der Affe betrachtete Emilie, oder was von ihr zu erkennen war. Es war mal ein Arm, mal ein Bein und auch schon mal der Kopf. Immer, wenn es der Kopf war, schrie er:
»Hilfe!«
»Aha«, dachte der Affe. »Ein Kind.«
Er tunkte sehr vorsichtig eine Fußspitze ins Wasser. Die Abneigung, die er gegen Wasser hegte, verstärkte sich sofort. Bis ein durchgeweichtes Affenfell wieder trocken wird, das dauert Stunden.
Also kletterte er auf seinen Baum zurück und dachte:
»Weshalb schreit sie so? Wenn es ihr nicht gefällt, kann sie ja herauskommen.«

Inzwischen hatte das Schiff, das auf die Insel zudampfte, seine Fahrt einstellen müssen. Um die Insel herum nämlich ragten Klippen aus dem Meer. Klippen sind in der Regel härter als Schiffe. Wenn ein Schiff auf eine Klippe stößt, geht es unter. »Laßt das Boot zu Wasser«, befahl der Steuermann.
Der Affe sah, daß Emilie immer seltener auftauchte.
»Ist es zu glauben«, dachte er, »sie ertrinkt wirklich? Wie kann man denn so ungeschickt sein? Ich habe all meiner Tage kein Kind gesehen, das nicht schwimmen kann. Sogar eine Meerkatze kann schwimmen. Sogar ich könnte schwimmen, wenn ich ins Wasser gefallen wäre, und keiner schwimmt weniger gern als ich. Das ist wahrhaftig eine dumme Lage.«

»Sehr gut«, dachte er dann. »Ein Boot kommt.«

»Ich fürchte, Steuermann«, sagte der Bootsmann, »wir gelangen nicht mehr rechtzeitig hin.«
Und dann schrie er: »Sehen Sie nur, der Affe!«

Schnell wie der Blitz hatte sich der Affe an einer Luftwurzel, die über dem Meer hing, hinuntergehangelt. Weil die Wurzel nicht ganz bis zur Wasserfläche reichte, hielt er sich mit den Füßen an ihrem Ende fest, ergriff Emilies ausgestreckte Hände mit seinen beiden Händen und zog sie ein Stück heraus, bis sie wieder Luft schnappen konnte.
»Wie heißt du?« erkundigte sich Emilie.
»Mo«, sagte der Affe. Das war das einzige Wort, das er aussprechen konnte.

»Du heißt Onkel Mo«, entschied Emilie. »Ich mag dich mächtig gut leiden. Ich wollte schon immer einen Affen besitzen.«

Onkel Mo ließ eine von Emilies Händen los und bekam mit der freien Hand die Luftwurzel über seinen Füßen zu fassen. Auf die Art richtete er sich auf. Gleichzeitig hob er Emilie aus dem Meer und drückte sie an sich.
Jetzt hingen sie bequemer.

Aber Onkel Mo dachte an den Schreck, den Emilie erfahren hatte. »Ich muß sie an einen sicheren und gemütlichen Ort bringen«, überlegte er, »einen Ort, wo einer sich wirklich wohl fühlt.«
Er kletterte höher und höher mit ihr, bis in die Spitze des Baumes. Onkel Mo zog trockene kleine Mädchen nassen kleinen Mädchen mit Bestimmtheit vor. Er half Emilie aus den triefenden Sachen. Emilie schmiegte sich in seine apfelsinenfarbenen Locken, und sie wärmten sich beieinander in der Sonne.

»Was macht sie denn jetzt dort oben?« sagte Jakob Bellestrem, dessen Boot endlich gelandet war. »Offenbar habe ich eine Tochter, die abwechselnd ertrinkt und sich das Genick bricht.«
In dem Augenblick fiel Emilies Kleid aus dem Blätterdach. Danach kamen ihre Strümpfe, ihr Hemdchen und ihr Höschen und schwebten zu Boden.
»Vielleicht frißt er sie auf?« schlug der Bootsmann vor.
»Die Sorte Affen«, sagte einer der Matrosen, »fressen nur unreifes Gemüse.«

»Meine Tochter ist unreif genug, wenn Sie mich fragen«, sagte Jakob Bellestrem.
Alle Seeleute winkten und machten Gebärden.
Onkel Mo begriff, daß die Seeleute das Mädchen zurückhaben wollten. Er schickte sich an, mit Emilie den dicken Stamm des Urwaldbaumes niederzusteigen.
Aber Emilie wollte sich von dem Affen nicht trennen. Sie war froh, daß sie ihn hatte. Sie klammerte sich mit beiden Armen an einen Ast und ließ sich nicht von der Stelle rücken.

»Es scheint, sie kämpft mit dem Affen«, sagte der Matrose.
»Soll ich ihn erschießen?« fragte der Bootsmann und legte die Flinte an die Wange.
»Aber dann stürzt sie ab«, sagte der Steuermann.
»Besser als wenn er sie in seinem Nest tötet«, sagte der Bootsmann.
»Ich möchte keineswegs ausschließen, daß sie ihn tötet«, sagte der Steuermann. Er legte die Hände vorm Mund zusammen und rief in den schattigen Wipfel hinauf:
»Emilie Bellestrem! Komm jetzt bitte herunter!«

Emilie liefen die Tränen über die Backen. Sie umhalste ihren Affen und küßte ihn und hörte nicht auf, ihn zu küssen.

»Wirds bald?« fragte der Steuermann. »Schließlich, einmal muß der Mensch nach Hause.«
Onkel Mo stieg mit Emilie, die an seiner Brust schluchzte, zur Erde und hielt sie ihrem Vater entgegen. Aber Emilie ließ sich nicht anfassen und stellte sich neben Onkel Mo.
»Ich verlasse diese Insel nur«, erklärte sie fest, »wenn Onkel Mo mitdarf.«
Der Vater blickte seine Tochter an.
Der Vater blickte den großen apfelsinenfarbenen Affen an, der seine Tochter vor dem Ertrinken gerettet hatte.
Der Vater begann zu ahnen, was es bedeutet, der Vater einer Tochter zu sein.
»Meinethalben«, sagte er. »Könntest du dir übrigens jetzt vielleicht etwas anziehen?«

Drei Monate später trafen Jakob Bellestrem, Emilie Bellestrem und Onkel Mo in ihrem Haus ein, das in einem freundlichen Viertel der Stadt Doberan gelegen war. »Setzt euch still in die Bibliothek«, befahl Jakob Bellestrem.
So setzten sie sich auf den Bücherschrank und verhielten sich ruhig.

Onkel Mo in Doberan

Im Haus des Steuermanns Jakob Bellestrem lebte ein großer apfelsinenfarbener Affe. Der Affe hieß Onkel Mo. Er hatte Emilie, die Tochter des Steuermanns, vor dem Ertrinken gerettet, und die Bellestrems hielten große Stücke auf ihn.

Eines Morgens trat Jakob Bellestrem in die Bibliothek, wo Onkel Mo sich auf dem Bücherschrank zusammengerollt hatte, und sagte:
»Ich gehe wieder auf Fahrt und kann Emilie nicht mitnehmen. Schließlich soll sie in die Schule gehen. Es ist ja nun auch ein Mann im Haus. Aber du mußt mir versprechen, daß du auf sie aufpassen wirst. Du mußt sie beschützen, was immer geschieht.«
»Mo«, sagte Onkel Mo. Das sollte heißen: »Alles klar, Steuermann.«
Onkel Mo war ein kluger Affe, der jedes Wort verstand und lesen gelernt hatte wie ein Professor. Aber reden können Affen einmal nicht.
»Gib mir die Hand drauf«, sagte Jakob Bellestrem.
Onkel Mo gab ihm die Hand. Das ließ sich machen; denn wenn der Bücherschrank auch hoch war, war Onkel Mos Arm doch lang. Dann schlief Onkel Mo weiter.
Nach diesem Gespräch begab sich der Steuermann zu seiner Tochter.
»Es handelt sich um Onkel Mo«, sagte er. »Er kennt sich hier in der

Stadt nicht aus, und manchmal hat er Einfälle von der Art, wie Affen sie haben. Versprich mir, daß du auf ihn aufpassen wirst. Du mußt ihn beschützen, was immer geschieht.«
Emilie versprachs, und sie verließen zusammen das Haus. Jakob Bellestrem ging mit seinem Seesack zum Bahnhof. Emilie Bellestrem ging mit ihrer Schultasche zur Schule.

Onkel Mo erwachte gegen Mittag. Er leerte drei Büchsen Bananensaft. Das Frühstücken ermüdete ihn ein wenig, und er kletterte aufs Dach, um auf dem Schornstein ein Ruhestündchen zu halten.

Als Emilie aus der Schule kam, fand sie die Bibliothek leer. Das Fenster stand offen.
»Um Himmelswillen!« rief Emilie aus. »Onkel Mo ist ausgebrochen!«
Und sie lief in die Stadt zurück und machte sich auf die Suche.

Bald darauf hatte Onkel Mo seinen Morgenschlummer beendet.
Er hängte sich an die Dachrinne und blickte in Emilies Zimmer, um sie zu begrüßen. Aber Emilie war nicht in ihrem Zimmer. Onkel Mo erschrak bis tief in seine apfelsinenfarbene Brust.
»Der Unterricht ist längst vorüber«, überlegte er. »Sie muß sich verlaufen haben.«
Er fühlte, daß er gebraucht wurde, und zog los.

Stundenlang suchten Onkel Mo und Emilie einander in der volkreichen Stadt Doberan. Wie kam es, daß sie sich nicht fanden?
Es kam so.
Wenn Onkel Mo am einen Ende der Stadt suchte, suchte Emilie am andern. Wenn aber Onkel Mo am andern Ende eingetroffen war, befand sich Emilie bereits wieder am einen.

Onkel Mo gefiel die Stadt Doberan überhaupt nicht. Er mochte die großen Häuser nicht und nicht die Menge von Leuten, die zwischen ihnen herumwimmelten. »Es ist schlimmer als ein Meerkatzenfelsen«, urteilte er. Und er verließ den Ort und gelangte in einen Vorort.
Dort ragte eine Laube über einen Bretterzaun. Auf dem Bretterzaun standen, mit Kreide geschrieben, zwei Inschriften.
Die erste Inschrift lautete: Traugott Pister ist ein Affe, E. Pister.
Die zweite Inschrift lautete: Edwin Pister ist ein Affe, T. Pister.
Diese Nachrichten stimmten Onkel Mo zuversichtlich. Er freute sich darauf, die beiden Affen kennenzulernen, und er beschloß, ihren Rat zu erbitten. Er kletterte über den Zaun. Weil sich in der Laube keiner befand, betrat er sie durch ein loses Brett in der Rückwand und erwartete die Affen.

Was tat Emilie inzwischen? Emilie ging aufs Fundbüro.
»Ich habe meinen Affen verloren«, sagte sie.
»Einen Affen?« Der Mann hinter dem Schalter blätterte in seinem Buch. »Richtig«, sagte er. »Ein Affe ist abgegeben worden.«

Er schlurfte in einen Nebenraum und kehrte dann mit einem winzigen Stoffaffen zurück, der ziemlich schmutzig war und dem ein Glasauge fehlte.
»Dieses Tier«, sagte Emilie enttäuscht, »ist leider nicht mein Onkel. Aber vielen Dank für die Mühe.«
Was tat Emilie noch? Sie ging in einen Laden, über welchem in Leuchtbuchstaben geschrieben war: Auskünfte, Dienste, Zimmervermittlung.
»Ich suche meinen Onkel«, sagte sie zu dem Fräulein, das die Auskünfte gab. »Vielleicht hat er ein Zimmer genommen. Er kommt aus Indonesien.«
»Aus Indonesien?« fragte das Fräulein beeindruckt. Es wühlte lange in einer Schachtel mit Karteikarten. »Hier!« gab es dann Auskunft. »Im Hotel zum Anker ist ein Engländer eingezogen. Sein Name ist Mr. Pennyfiddle. Ist es der, den du treffen möchtest?«
»Bedauerlicherweise ist das nicht mein Affe«, sagte Emilie. »Aber vielen Dank für die Auskunft.«

Nun wußte Emilie wirklich nicht mehr, wo sie hätte nachforschen können. In dem Augenblick kamen zwei Jungen des Wegs, die Emilie kannte, weil sie im selben Jahr wie Emilie eingeschult worden waren. Es waren die Pister-Zwillinge.

Die Pister-Zwillinge waren äußerst rüpelhafte Zwillinge.
Es mag ja reizende Zwillinge geben. Aber wenn ein großer Rüpel der Zwilling von einem ebensogroßen Rüpel ist, dann versteht sich, daß sie, zusammengenommen, doppelt so große Rüpel sind, wie ein einzelner Knabe schlimmstenfalls sein kann.
Die Pister-Zwillinge hatten Lust, Emilie an den Ohren zu ziehen. So eröffneten sie eine Unterhaltung.
»Suchst du jemanden?« fragten sie.
»Ich suche einen apfelsinenfarbenen Affen«, sagte Emilie. »Wißt ihr vielleicht, wo er sich aufhält?«
»Sicher wissen wir das«, behauptete Traugott Pister.

»Er sitzt ja bei uns zu Hause«, gab Edwin Pister vor.
Sie glaubten kein Wort von dem, was sie sagten. Aber sie beabsichtigten, Emilie in ihre Laube zu locken und dort an den Ohren zu ziehen, und sie stießen sich dauernd mit den Ellbogen in die Rippen.

Emilie traute dem Frieden wenig. Aber sie war in Sorge um Onkel Mo, und sie dachte an das Versprechen, das sie ihrem Vater gegeben hatte, und sie ging, wenn auch ungern, mit den Pister-Zwillingen mit und zögerte erst, als sie zu dritt vor dem Bretterzaun standen.
»Er ist bestimmt drin«, versicherte Traugott Pister.
»Ich schwöre es«, beteuerte Edwin.
Emilie nahm allen Mut zusammen und ging mit ihnen in die Laube.

In der Laube saß Onkel Mo auf dem Kanapee und blickte den Eintretenden entgegen.
»Mo«, sagte er. »Schweigt nicht so wild durcheinander.«

»Das sind Traugott und Edwin Pister«, sagte Emilie vergnügt. »Sie sind so alt wie ich, aber sie gehen noch in die erste Klasse.«
Onkel Mo fletschte verächtlich die Zähne.

»Erzählt ihm etwas«, forderte Emilie die Zwillinge auf. »Was wollt ihr einmal lernen?«
»Rentner«, sagte Traugott Pister.
»Nein«, sagte Emilie. »Erst müßt ihr doch etwas arbeiten.«
»Ist Schule vielleicht keine Arbeit?« fragte Traugott.
»Wir haben es uns ausgerechnet«, erklärte Edwin. »In der ersten Klasse sind wir zwei Mal sitzengeblieben. Jetzt, nach drei Jahren, kommen wir in die zweite Klasse. Die zweite Klasse ist sicher viel schwieriger als die erste, und wir nehmen an, daß wir in ihr drei Mal sitzenbleiben und also vier Jahre brauchen werden. Dann kommen fünf Jahre für die dritte Klasse hinzu, sechs für die vierte und so weiter, und wenn man alles zusammenzählt, sind wir genau achtundvierzig Jahre alt, wenn wir nach der achten Klasse von der Schule abgehn. Ich denke, das ist genug Schinderei für ein Leben.«
»Muß man nicht wenigstens zehn Klassen besuchen?« wandte Emilie ein.
»Zehn Klassen?« machte Edwin höhnisch. »Aber dann wären wir einundsiebzig!«
Onkel Mo nahm Emilie bei der Hand und ging mit ihr, ohne die Zwillinge zu beachten, weg.
»Das wollen Affen sein?« dachte er auf dem Heimweg voller Groll. »Die sind doch bloß blöde.«

Aber noch zu Hause auf dem Bücherschrank ließen Onkel Mo und Emilie ihre Hände nicht los.
»Ich muß immer gut auf sie aufpassen«, dachte Onkel Mo.
»Ich muß immer gut auf dich achtgeben, mein armer Affe«, sagte Emilie.
Und sie hielten sich fest und waren froh, daß sie einander hatten.

Onkel Mo als Familienoberhaupt

Als Onkel Mo eines Mittags recht früh erwachte, fand er neben sich auf dem Bücherschrank einen Teller mit goldgelben Bananen. Emilie hatte ihm die Bananen hingestellt. Aber sie hatte einen Zettel dazu geschrieben.

»Lieber Onkel Mo«, sagte der Zettel. »Bitte laß die Bananenschalen nicht einfach auf den Teppich fallen. Wir sind nicht im Urwald.«

Onkel Mo las die Botschaft genau durch. Dann aß er seine Bananen und warf die Schalen mit großer Sorgfalt aus dem Fenster.

Zu eben der Zeit kam Emilie aus der Schule. Sie trug eine Tüte Bananen, die sie eingekauft hatte. Schon von weitem sah sie das Pflaster voller Bananenschalen liegen.

Eine Frau kam Emilie entgegen. Es war Frau von Latorf mit dem großen Hut.

Frau von Latorfs Hut war sehr merkwürdig und ähnelte keinem anderen Hut in der Stadt. Sein Vorteil war, daß er Frau von Latorf gut gefiel. Sein Nachteil war, er gefiel außer ihr selbst niemandem. Sagen wir es so: Er war ein schöner Hut nach Frau von Latorfs Meinung und ein häßlicher Hut nach der Meinung der Leute.
Frau von Latorf mit dem großen Hut arbeitete als Geldabholerin bei der Versicherung. Sie war den ganzen Vormittag über Stiegen gelaufen, treppauf und treppab. Sie war froh heimzukommen.
Da trat sie auf eine Bananenschale und fiel hin.

Emilie eilte zu der Unglücksstelle und half Frau von Latorf beim Aufstehn. »Ich hoffe, Sie haben sich nicht weh getan«, sagte sie.
»Es ist nicht unerträglich«, sagte Frau von Latorf.
Dann rief sie mit gellender Stimme:
»Polizei!«

Sofort erschien Herr Daniel Quast auf dem Plan. Herr Daniel Quast war der Volkspolizist, der sich um das Wohnviertel kümmerte.
»Gewisse Menschen«, gab Frau von Latorf an, »haben Bananenschalen ausgestreut, weil sie mich um meinen Hut beneiden.«
»Es geschah bestimmt nicht mit Absicht«, sagte Emilie.
»Der teuflische Gedanke war«, fuhr Frau von Latorf fort, »daß ich hinfallen und mir den Hut zerbrechen sollte. Ich verlange, daß man die Täter ins Zuchthaus sperrt.«

»Man wird sehen«, sagte Herr Daniel Quast. »Jedenfalls muß festgestellt werden, wer diese gefährlichen Speisereste auf den Bürgersteig verbracht hat.« Er warf einen scharfen Blick auf Emilies Tüte und fragte:
»Weißt du es?«

»Ich darf nicht zulassen, daß Onkel Mo ins Zuchthaus kommt«, dachte Emilie bei sich. Und sie erklärte mit deutlicher Stimme:
»Ich bins gewesen.«
Und zu Frau von Latorf sagte sie:
»Entschuldigen Sie bitte. Es tut mir wirklich leid.«
»Dumme Reden«, sagte Frau von Latorf. »Ich habe doch gesagt, daß es nicht sehr weh tut. Du bist die Emilie Bellestrem, nicht wahr? Grüße deinen Vater, den Steuermann. Ich lasse ausrichten, du bist ein ehrliches und wohlerzogenes Mädchen.«
»Ich stelle fest«, sagte der Volkspolizist erleichtert, »daß Sie von einer Anzeige Abstand nehmen.«

Frau von Latorf setzte leicht humpelnd ihren Weg fort, und Emilie sah, daß sie ins Haus kam.
Aber kaum war sie in den Vorgarten gelangt, flog, ohne daß sie es be-

merkte, eine Bananenschale aus dem Fenster und Herrn Daniel Quast mitten an die Nase.

Der Volkspolizist glaubte natürlich, Emilie habe nach ihm geworfen. »Sie greift mich an«, überlegte er. »Sie verhöhnt mich ganz offen. Kinder zeigen, meiner Erfahrung nach, nicht selten ein widersetzliches Wesen, aber gegen so viel Bosheit ist nun doch wohl Strenge am Platz.« Er beschloß, Emilies Vater aufzusuchen.

Emilie stand schon in der Badewanne, als es draußen läutete.

Sie zog sich ein Handtuch an und öffnete die Tür. Vor der Tür stand Herr Daniel Quast.
»Ist dein Vater zu Hause?« fragte er.
»Nur mein Onkel«, sagte Emilie.
»Gut«, sagte der Volkspolizist. »Ich spreche mit ihm.«

Emilie rannte in die Bibliothek, wo Onkel Mo auf dem Bücherschrank hockte.
»Rasch vom Schrank«, befahl sie. »Polizei kommt. Benimm dich anständig. Und schlage nicht wieder so gräßlich die Beine über die Arme.«
Dann holte sie Herrn Daniel Quast. »Es wäre vielleicht besser, wenn ich mit hineinkäme«, empfahl sie.

Herr Quast schlug es ihr ab.
»Du sprichst nicht«, sagte er. »Über dich wird gesprochen.«

Der Volkspolizist betrat die Bellestremsche Bibliothek.
In dem englischen Ledersessel saß ein großer apfelsinenfarbener Affe.
Der Affe lächelte holdselig und forderte den Besucher mit lang ausgestrecktem Arm auf, Platz zu nehmen.
Herr Daniel Quast war so erstaunt, daß er sich ganz folgsam hinsetzte.
Er suchte verzweifelt in seinem Kopf nach der Anrede an das Familienoberhaupt, die er sich vorher ausgedacht hatte.

»Ich habe im Allgemeinen nichts gegen Kinder«, begann er.
Onkel Mo lächelte noch stärker und steckte sich das rechte Bein unter den Hintern.

»Unglücklicherweise gibt es unter den Kindern solche, die aus Vorsatz Schaden anrichten«, sprach der Volkspolizist weiter.
Onkel Mo lächelte ganz unbeschreiblich und hängte sein linkes Bein über das linke Ohr des Ledersessels. Nun saß er bequem. Der Volkspolizist bemerkte zu seiner Überraschung, daß die Stimmung nicht ungemütlich war.
»In derart besonders tadelhaften Fällen . . .«, sagte er noch.

Onkel Mo griff in die Bananentüte. Er biß vier Bananen vom Büschel. Zwei nahm er in die Hände. Zwei nahm er in die Füße und bot sie seinem Gast an.

Herr Daniel Quast war ein wenig verlegen. Ein Volkspolizist nimmt keine Banane von einem Affen.
Während er aber noch darüber grübelte, wie er die Gabe ablehnen könne, ohne Onkel Mo zu kränken, hatte Onkel Mo seine beiden Bananen schon verzehrt und schleuderte mit einem stolzen Schwung die Schalen zum Fenster hinaus.
»Aha«, dachte der Volkspolizist.
»Dieser Fall ist aufgeklärt.«

Herr Daniel Quast verbrachte den Nachmittag damit, an mehrere Bäume der Umgebung einen öffentlichen Anschlag zu heften.

Alle Bürger des Wohnviertels
sind hiermit höflich gebeten,
sich heute um 19 Uhr
zu einer kurzen Versammlung
in der Grünanlage einzufinden.
Daniel Quast
Volkspolizist

So versammelten die meisten Nachbarn sich abends in der Grünanlage.
Um Punkt sieben erschien Herr Daniel Quast mit Onkel Mo und Emilie. Der Volkspolizist ergriff das Wort.
»Ich möchte Ihnen, meine Herrschaften, einen neuen Mitbürger vorstellen, damit Sie ihn kennen lernen. Wenn Sie ihn nämlich nicht kennten, würden Sie sich vielleicht wundern. Er heißt Onkel Mo. Er vertritt Herrn Bellestrem, den Steuermann.«
Onkel Mo verbeugte sich vor jedem der drei Männer, die vorn in der Reihe standen. Dann kam ein Schuljunge. Onkel Mo schüttelte ihm lange die Hand. Dann kam die Schwester des Jungen. Sie war noch ein Baby, und Onkel Mo zwickte sie in den Popo. Die nächste war Frau von Latorf. Onkel Mo beugte sich sehr tief herab und gab ihr einen Handkuß. Alle Nachbarn klatschten.

Frau von Latorf rückte ihren großen Hut auf dem Kopf hin und her und sagte:
»Er vertritt unseren Freund Jakob Bellestrem fast besser, als der das selbst könnte.«

Onkel Mo in der Tierklinik

Es war Sonntag.
Onkel Mo und Emilie hatten vor, etwas Schönes zu machen. Sie wollten miteinander zum Jugendtanz gehen.
So sehr gern freilich ging Onkel Mo gar nicht zum Jugendtanz. Die vielen Kinder, die dort herumzappelten, hielt er allesamt für Meerkatzen.
Aber Emilie hatte ihr Vergnügen dabei, und Onkel Mo hatte sein Vergnügen an Emilies Vergnügen.
Plötzlich spürten beide eine lähmende Schwäche in den Gliedern. Sie waren blaß und heiß und wirklich krank.
»Mo«, sagte Onkel Mo. Damit wollte er ausdrücken: »Laß uns zu Haus bleiben und eine Tasse Tee trinken. Es wird schon nichts Ernstes sein.« Im Geheimen war er froh, daß er nicht in den Musikschuppen mußte.
Aber Emilie entschied:
»Alle Krankheiten, die man am Sonntag bekommt, sind ernste Krankheiten. Ich muß den Rettungsdienst anrufen.«

Emilie griff zum Telephon und rief den Rettungsdienst an.
»Sie holen uns ab«, sagte sie anschließend. »Du mußt keine Angst haben. Das Gute an der Sache ist, daß wir bestimmt an der gleichen Krankheit leiden. Sie werden uns zusammen in ein großes weißes Bett legen, vielleicht wird es ganz gemütlich.«
Vor dem Haus hielt der Krankenwagen.
Zwei lustige Männer in weißen Kitteln legten Emilie auf eine Trage und Onkel Mo auf eine andere. Sie schoben die Tragen ins Auto. Dann brausten sie davon.
Auf dem Krankenwagen war eine weiße Glaskugel mit einem roten Kreuz angebracht. Die Kugel war eine Lampe und konnte blinken, und alle anderen Fahrzeuge mußten dem Krankenwagen die Vorfahrt lassen.

Im Krankenhaus war gleich ein Arzt zur Stelle. Er legte bloß die Hand auf Emilies Stirn.
»Eine ernste Grippe vermutlich«, sagte er. »Bringen Sie sie in den 23. Stock. Sie bekommt Zimmer 2309.«
Die lustigen Männer rollten Emilie in den Fahrstuhl. Die Fahrstuhltür schloß sich hinter ihnen. »Mo!« rief Onkel Mo aufgeregt. »Mo, mo, mo!«
Warum nahmen sie ihm Emilie fort?
Warum durfte er nicht zu ihr in das große weiße Bett?

»Sie sind ein Affe, nicht wahr?« sagte der Arzt. »Sie kommen in die Tierklinik.«

In der Tierklinik wurde Onkel Mo in ein Dreibettzimmer eingewiesen. Im rechten Bett lag ein gelber Schäferhund, der vom Tisch gefallen war und sich das Bein gebrochen hatte. Im linken Bett lag ein Kanarienvogel mit einem heiseren Kehlkopf. Onkel Mo lag in der Mitte.

Der gelbe Hund und der gelbe Vogel waren keine angenehme Gesellschaft. Sie zeigten dauernd, was sie auszustehen hatten.
Es war nicht, weil ihnen ihre Wunden so weh taten. Es war der Gedanke an die Zukunft, der sie quälte. Sie waren in Sorge, ob ihre Besitzer sie noch wiedernehmen würden. »Wer will schon einen dreibeinigen Hund?« dachte der Schäferhund. Und der Kanarienvogel dachte: »Wer braucht einen Singvogel, der nicht singt?«
Deshalb stöhnte der Schäferhund Tag und Nacht, und der Kanarienvogel hörte nicht auf, unter seiner Bettdecke zu flattern. Sie gingen Onkel Mo mächtig auf die Nerven.
Aber er war selbst so matt, daß er zwei Tage lang ohne Unterbrechung schlief. Er erwachte höchstens, wenn es Essen gab oder wenn Herr Dr. Poye, der Tierarzt, hereinkam und ihm eine Spritze verabfolgte.

Am Abend des dritten Tages fühlte Onkel Mo sich besser. Er verließ das Bett und schlüpfte durchs Fenster.

Er machte sich auf den Weg zum Krankenhaus. Zum Glück hatte er sich gemerkt, in welchem Geschoß man Emilie untergebracht hatte. So stieg er zum dreiundzwanzigsten Stockwerk hinauf.
Dort ging er auf einem Sims von Fenster zu Fenster, bis er Emilie fand, die im Bett auf dem Bauch lag und am Daumen lutschte.

Er kletterte ins Zimmer und setzte sich auf Emilies Bett. Emilie erwachte und freute sich und umarmte ihn.
»Mo«, sagte Onkel Mo.
Und das bedeutete diesmal so viel wie: »Wollten wir nicht etwas Schönes machen?«

Er nahm Emilie auf den Arm und stieg mit ihr die Außenwand des Krankenhauses wieder herunter und wandelte mit ihr durch die Stadt Doberan.

Sie kamen in den Volkspark, der leer und still dalag. Es war eine warme Nacht. Die Blumenbeete dufteten und machten Muster. Die Platanen bewegten leise ihre großen Blätter.
Onkel Mo und Emilie ließen sich auf der Wiese zwischen den Bäumen nieder und flochten Kränze.
Onkel Mo flocht einen dicken Kranz und setzte ihn Emilie auf. Sie sah im Nachthemd und mit dem Kranz auf den Haaren wie eine von den Elfen aus, die bei Mondschein auf Wiesen vorkommen.
Der Kranz aber, den Emilie für Onkel Mo geflochten hatte, war ein langer Kranz zum Um-den-Hals-Hängen, so einer, wie man sie in der Südsee trägt.

Auf einer Parkbank stand ein Trichtergrammophon. »Damit hat man früher Musik gemacht, glaube ich«, meinte Emilie fachkundig.
»Mo«, sagte Onkel Mo.
Das hieß:
»Waren wir zum Tanzen verabredet oder nicht?«

Das Grammophon ließ sich aufziehen und machte Musik, und sie tanzten die halbe Nacht, bevor sie wieder heimgingen, jeder in seine Krankenstube und in sein Bett.

Der folgende Tag war in der Tierklinik ein Besuchstag.
Als erste kam Emilie, die schon gesund war. Sie packte einen großen Bananenkuchen aus.
»Er ist für das gütigste Wesen, das ich kenne«, sagte sie.
»Schade«, dachte Onkel Mo. »Ich glaubte, er wäre für mich.«

Als nächster kam Herr Dr. Poye, der Tierarzt. Er schnupperte heftig mit der Nase. »Irgendjemand stiehlt meine Zigarren«, erzählte er. »Hier ist nicht geraucht worden. Aber ich erschnüffle den Dieb schon noch.«
Als nächster kam Herr Daniel Quast, der Volkspolizist, mit einem Sonnenblumenstrauß, den er seinem kranken Hund mitgebracht hatte.
Als nächste kamen Hetty und Netty Breese, die Töchter des Bürgermeisters. Ihnen gehörte der Kanarienvogel, und für ihn hatten sie eine Tafel Schokolade.
Sowie der Schäferhund die Blumen sah, begann er herzzerreißend zu quieken und zu jaulen. Und sowie der Vogel die Schokolade erblickte, flatterte er dermaßen, daß er fast im Bettlaken erstickt wäre.
»Vielleicht mag der Hund keine Sonnenblumen«, sagte Emilie. »Und vielleicht mag der Vogel keine Schokolade. Wäre es nicht ein guter Einfall, wenn Sie die Geschenke tauschten?«

Alle fanden den Einfall gut. Nun begann eine große Fröhlichkeit. Der Hund verschlang die Schokoladentafel mit einem Ruck und tupfte dann geduldig jeden einzelnen Krümel mit der Zunge auf. Der Kanarienvogel pickte hochvergnügt die Kerne aus den Sonnenblumen und verspritzte die Schalen durch den Raum.
»Kann sein, du behältst ein steifes Bein«, sagte der Volkspolizist zu seinem Hund. »Aber wofür ich dich achte, ist dein Geruchssinn. Du bist der allerbeste Spürhund im ganzen Kreis.«
Und Hetty und Netty setzten sich zu ihrem Vogel und pfiffen ihm alle die Lieder vor, die er früher gekonnt hatte. Mit einem Mal tat der Vogel seinen Schnabel auseinander und pfiff die Lieder mit. Seine Kehle war längst geheilt. Er hatte nur deswegen nicht pfeifen können, weil er solche Furcht gehabt hatte, nicht mehr pfeifen zu können.

»Mo«, sagte Onkel Mo, während er seinen Bananenkuchen verspeiste. Emilie verstand sehr gut, was er sagen wollte.

»Ist es nicht ekelhaft?« wollte er sagen. »Ich will hier raus.«
Emilie zupfte den Tierarzt am Ärmel, und er ging mit ihr in seinen Dienstraum. »Könnten Sie Onkel Mo nicht entlassen?« bat Emilie.
»Ausgeschlossen«, sagte Herr Dr. Poye. »Er ist zwar schon gesund, aber die Ruhe hier wird ihm sehr wohltun.«
Da fiel Emilies Blick auf die halbvolle Zigarrenkiste auf dem Schreibtisch des Tierarztes.
»Ist Ihnen bekannt«, fragte sie nachdenklich, »daß Onkel Mo am liebsten Zigarren ißt?«
»Er ißt sie?« fragte der Tierarzt.
Emilie sagte:
»Sie erinnern ihn an seine Heimat.«

Herr Dr. Poye und Emilie kehrten ins Krankenzimmer zurück.
»Aufstehen!« sagte Herr Dr. Poye heiter. »Wer schon wieder Zigarren verzehrt, der hat das Gröbste hinter sich.«
Onkel Mo bedankte sich bei dem Tierarzt.
Emilie bedankte sich bei dem Tierarzt.
Dann gingen sie heim und sind seither noch nicht wieder krank gewesen.

Onkel Mo bekommt einen Orden

Die Luft war bereits kühl. Aber die Herbstsonne schien mit großer Klarheit, und Onkel Mo entschloß sich, einen Spaziergang zu unternehmen.

Er schlenderte gemächlich von Dach zu Dach. Er gelangte zu einem hohen Haus mit hübschen Erkern und Türmchen und Zierat über den Fenstern.

Plötzlich spürte er an den Fußsohlen, daß die Dachsteine unter seinen Füßen wärmer wurden.

In dem Haus gab es einen Heizer, Herrn Klevenow.
Herr Klevenow wollte das schöne Wetter benutzen, um sein Auto zu waschen. Er hatte ein paar Schaufeln Kohle mehr als sonst aufgeschüttet und war aus dem Heizungskeller in den Hof gestiegen, wo das Auto stand.
Aber das Haus war ein altes Haus. So hatte es auch einen Schornstein, der alt war. Als die Hitze aus dem Kessel empordrang, entzündete sich der Schornstein und begann, von innen zu brennen. Am Ende stach sogar im Bodengeschoß eine Flamme aus einer Schornsteinfuge.
Der Dachboden lag voll von Schiffstauen, welche die Seilerei dort untergebracht hatte.

Onkel Mo liebte Wärme über alles. Das geheizte Dach kam ihm sehr behaglich vor. Er ließ sich auf den heißen Schindeln in der Sonne nieder und wärmte sein Fell von oben und von unten.

Mit einem Mal stieg eine Qualmwolke über den Dachrand, und Feuer züngelte durchs Bodenfenster ins Freie.
Onkel Mo kannte Feuer. Er wußte, wie leicht ein ganzer Urwald zu Asche verbrennen kann, wenn man ihn an einer einzigen Stelle angesteckt hat. Ohne sich zu besinnen, klappte er die Luke hoch und schwang sich ins Innere des Daches.

Die Taue durften kein Feuer fangen.
Onkel Mo schob hustend die schweren Rollen von dem glühenden Schornstein weg. Manche Rollen gingen auf und wickelten sich ihm

um den Hals oder die Füße. Endlich schaffte er es. Der Abstand war jetzt so groß, daß die Flamme keine Nahrung mehr fand.
Nur eine Rolle war noch übrig. Onkel Mo befestigte das Schiffstau am Gebälk und warf die Rolle aus dem Bodenfenster.

Herr Klevenow reinigte hingebungsvoll sein Auto mit einem Schwamm.
Da kam ein großer apfelsinenfarbener Affe an einem Seil vom Himmel gerutscht. Er nahm Herrn Klevenow den Wassereimer aus den Händen und verschwand wieder nach oben.
Onkel Mo kippte den Inhalt des Eimers in den Schornstein. Dann hatte er die Sache satt und setzte seinen Spaziergang fort.
»Mein Eimer!« rief der Heizer.
»He, Affe!«
Er keuchte die Treppen hoch und sah, daß der Affe das Feuer gelöscht und ein großes Unglück verhütet hatte.

Bei Herrn Daniel Quast, dem Volkspolizisten, läutete das Telephon. Am Apparat war Herr Klevenow. Er erzählte dem Polizisten die ganze unglaubliche Geschichte.
»Aber das war Onkel Mo«, sagte Herr Daniel Quast beruhigend in die Muschel.
»Er ist einer unserer angesehensten Mitbürger.«

Herr Daniel Quast legte den Hörer auf und begab sich zum Rathaus. Im Rathaus saß Herr Justus Breese, der Bürgermeister, und regierte die Stadt Doberan. »Denken Sie sich, Herr Bürgermeister«, sagte der Volkspolizist, »in dem Haus mit den Türmchen ist ein Brand ausgebrochen, und wenn nicht Onkel Mo, der, beiläufig bemerkt, ein Affe ist, die Schiffstaue der Seilerei beiseite geräumt und vermittels von Wasser eine Löschung durchgeführt hätte, wäre unsere Stadt vielleicht schon ein Flammenmeer.«

In dem Augenblick war Onkel Mo auf dem Rathausdach eingetroffen. Er war neugierig, wie es in dem Rathaus zuging. Deshalb setzte er sich vor der Amtsstube des Bürgermeisters aufs Fensterbrett.
»Dann hat ja unsere Stadt einen Helden«, sagte Herr Justus Breese soeben.
»Sieh da«, dachte Onkel Mo. »Sie hat einen Helden.«

»Einen Helden muß man ehren«, sagte Herr Justus Breese.
»Das muß man«, dachte Onkel Mo beifällig.
»Ich habe hier noch einen sehr schönen Orden in der Schublade«, sagte der Bürgermeister, »den ich unserem Helden hiermit verleihe. Bringen Sie den hin. Und machen Sie es feierlich.«
»Wie macht man das?« fragte der Volkspolizist.

»Nun«, sagte der Bürgermeister. »Sie halten natürlich eine Rede. Und nehmen Sie Hetty und Netty mit. Sie sollen ihre Halstücher anziehn, und Hetty kann einen Blumenstrauß abgeben, und Netty kann ein Gedicht aufsagen. Das machen sie sehr niedlich. Ich stelle das fest, obgleich sie meine eigenen Töchter sind.«
»In Ordnung«, sagte Herr Daniel Quast.
»Warten Sie!« rief Herr Justus Breese. »Ich muß ja das Gedicht noch dichten. Ich dichte zwar nicht besonders gut, aber doch gut genug für einen Bürgermeister. Ich stelle das fest, obgleich es sich um mich selbst handelt.«

Der Volkspolizist zog, den Orden auf einem Kissen vor der Brust haltend, ab. Hinter ihm her gingen Hetty Breese, die einen Strauß roter Nelken trug, und Netty Breese mit dem Gedicht.
»Ich würde gar zu gern einmal einen Helden sehen«, dachte Onkel Mo. »Ich höre, sie sind ganz selten.«
Und er begleitete die Abordnung, indem er innerhalb der Kronen der Straßenbäume den Fuß von Ast zu Ast setzte.

Herr Klevenow, der Heizer, bemerkte den Trupp und schloß sich ihm an. Auch Frau von Latorf mit dem großen Hut, der Tierarzt Dr. Poye und sogar die Pister-Zwillinge wollten an der Auszeichnung des Helden teilnehmen. Und noch viele andere Leute eilten herbei, so daß es

zuletzt ein ganz ansehnlicher Zug war, der sich durch die Straßen bewegte.
Onkel Mo ging oben immer mit.

Der Zug hielt vor dem Haus der Bellestrems.
Der Volkspolizist klingelte an der Tür.
Keiner öffnete.
»Der Held wohnt in unserem Haus«, dachte Onkel Mo. »Wahrscheinlich ist er ein Bekannter des Steuermanns. Vielleicht kenne ich ihn sogar. Das wäre aufregend.«
»Warten wir«, sagte der Volkspolizist.
»Warten wir eben«, dachte Onkel Mo.
Warten fiel Onkel Mo nicht schwer. Er richtete sich in der Gabel einer alten Kastanie ein und hielt ein Schläfchen.

Nachdem sie so ungefähr eine halbe Stunde auf den Helden gewartet hatten, kam Emilie aus der Schule. Onkel Mo stieg aus seiner Kastanie, um sich mit ihr ins Haus zu begeben.
»Aber da ist ja der Held!« riefen alle.
»Mo!« sagte Onkel Mo. Das bedeutete: »Wer ist gemeint? Ich? Nein, tatsächlich!«
Herr Daniel Quast trat vor und heftete Onkel Mo den Orden ans Fell.
»Was soll ich viele Worte machen?« sagte er. »Ganz Doberan ist Ihnen dankbar.« Dann drückte er Onkel Mo beide Hände.
Dann trat Hetty Breese vor und überreichte Onkel Mo die Blumen.
Dann trat Netty Breese vor und verlas das Gedicht des Bürgermeisters. Es lautete wie folgt.

»Das Feuer brannte lichterloh.
Wer kann die Stadt noch retten?
Wir alle lieben Onkel Mo.
Ja, wenn wir Onkel Mo nicht hätten.«

Emilie aber überdeckte Onkel Mos Gesicht mit Küssen und bildete sich nicht wenig auf ihn ein.

Onkel Mo kümmert sich ums Meerschwein

Es läutete draußen, und herein kam Manuela Hinkel mit dem Meerschwein.
Manuela war Emilies Freundin. Sie war erschienen, um mit Emilie zu Hetty und Netty Breese zu gehen. Die vier Mädchen hatten vor, einen Kinderlandausflug zum Heiligen Damm zu unternehmen; da gab es natürlich vieles, das besprochen werden mußte.
Das Meerschwein hing in einem Henkelkorb, der mit blauem Taft ausgeschlagen war, an Manuelas Arm. Es war ein dickes Tier mit einer kurzen Oberlippe und gefleckt wie eine Kuh.

»Wie finden Sie mein Meerschwein?« wollte Manuela von Onkel Mo wissen.
»Mo«, sagte Onkel Mo und entblößte angewidert das Gebiß.
»Was sagt er?« fragte Manuela.
»Er findet es allerliebst«, übersetzte Emilie.
»Mo heißt: ich finde dieses niedliche kleine Tier allerliebst?« erkundigte sich Manuela.
»Genau das heißt es«, bestätigte Emilie.
»Eine praktische Sprache«, stellte Manuela fest. »Sehr ausgiebig.«
»Mo«, sagte Onkel Mo wieder. Er wollte ausdrücken: »Ich glaube, ich würde sogar die Gesellschaft einer Meerkatze vorziehen.«

»Er sagt wieder, daß er mein Meerschwein allerliebst findet«, rief Manuela. »Was für ein kluger Affe. Ich verstehe jedes Wort, das er sagt.«

Dann war es für die Mädchen Zeit zum Aufbruch.
»Weißt du was«, sagte Manuela Hinkel zu Emilie. »Ich lasse das Meerschwein bei Onkel Mo. Er wird sich um es kümmern, während wir unsere Geschäfte erledigen, und er wird seine Unterhaltung mit ihm haben und sich nicht langweilen.«
»Mo«, sagte Onkel Mo verzweifelt.
»Was sagt er jetzt?« fragte Manuela.
»Der Vorschlag gefällt ihm«, sagte Emilie. »Er freut sich.«
Und sie machte, daß sie aus der Stube kam.

Nach all der Aufregung bedurfte Onkel Mo eines Schläfchens.

Aber kaum hatte er sich zusammengerollt und den Kopf unter den Armen vergraben, begann das Meerschwein in seinem Korb zu rappeln und an dem blauen Taft zu kratzen, und Onkel Mo mußte den Kopf wieder aus den Armen herausziehen.

Er stieg vom Schrank, entnahm ihm ein Bilderbuch und gab es dem Meerschwein. »Jetzt hat es eine Beschäftigung«, dachte er und legte sich wieder hin. Aber während er ganz allmählich in einen erholsamen Schlummer hinüberdämmerte, störte ihn ein nagendes Geräusch, und als er mit einem Auge hinunterblinzelte, sah er, daß das Meerschwein schon den halben Buchdeckel aufgefressen hatte.
»Nun«, dachte er. »Das wird ein böser Nachmittag.«
Und dann dachte er noch:
»Ich werde mit ihm an die Luft gehen müssen.«

Er band dem Meerschwein einen Wollfaden um den Hals, und das Meerschwein folgte ihm gehorsam auf die Straße.

Sie gelangten zum Hotel zum Anker, und Onkel Mo beschloß, sich für eine Weile zu den Kapitänen zu setzen. Er bestellte sich einen doppelten Bananenlikör und eine indonesische Zigarre. Für das Meerschwein bestellte er dasselbe.
Das Meerschwein schluckte den süßen Likör in einem Zuge und knabberte blitzschnell die Zigarre in sich hinein. Onkel Mo begann, seinen Schützling mit milderen Gefühlen zu betrachten.

So verließen sie den Anker und gingen in den Springenden Delphin. Sie setzten sich zu den Kapitänen und tranken jeder einen Doppelten und speisten jeder eine Sumatra.
Anschließend besuchten sie noch den Ratskeller.

Als sie aus dem Ratskeller wieder emporstiegen, kamen sie schon ganz gut miteinander zurecht. Onkel Mo brummte ein Lied, dessen Wortlaut aus einem sehr langgedehnten »Moo ... oh« bestand, und das Meerschwein quiekte schrill eine Art Begleitung. Auf einmal fiel es um und regte sich nicht mehr und begann zu schnarchen.
»Es ist müde«, dachte Onkel Mo nachsichtig. »Schließlich, der Mond geht schon auf, und kleine Tiere brauchen viel Schlaf.«

Er band dem Meerschwein den Faden ab und setzte es sich auf die Schulter, wo es ruhig weiterschnarchte. Dann ging er in einer merkwürdigen Bahn seinen Weg fort.
Dann fiel sein Blick auf den Wollfaden, der leer hinter ihm im Staub schleifte.
»O weh«, dachte er. »Das Meerschwein ist verloren.«

Es traf sich glücklich, daß Herr Daniel Quast, der Volkspolizist, mit seinem dreibeinigen gelben Schäferhund an der Ecke stand. Onkel Mo winkte aufgeregt und zeigte suchend die Straße hinunter.

»Vermissen Sie jemanden, Onkel Mo?« fragte der Polizist.
Onkel Mo nickte ängstlich.
»Falls Sie einen Gegenstand bei sich führen, welcher dem Vermißten gehört«, sagte der Polizist, »wird uns der Fall keine besondere Schwie-

rigkeit bereiten; denn Pluto, müssen Sie wissen, ist der beste Spürhund im Kreismaßstab.«
Onkel Mo gab Herrn Daniel Quast den Wollfaden.
Herr Daniel Quast gab den Faden dem Schäferhund zu riechen.
Der Schäferhund beschnüffelte sehr ernsthaft den Faden.
»Such!« sagte der Polizist.

Da sprang der Schäferhund Onkel Mo mit einem mächtigen Satz von hinten an. Onkel Mo fiel auf alle Viere vornüber. Das Meerschwein auf Onkel Mos Rücken erwachte und begann albern an seinem Hals zu kichern.
»Richtig«, entsann sich Onkel Mo. »Ich trage es ja nach Hause.«

Er bedankte sich bei Herrn Daniel Quast und auch bei dem tüchtigen Hund Pluto und schwankte im Zickzack weiter, da rief ihn der Volkspolizist zurück.
»Ich hoffe, Ihr Freund ist nicht minderjährig«, sagte er.
»Mo«, sagte Onkel Mo. Das bedeutete: »Keine drei Wochen.« Aber zum Glück verstand ihn der Polizist nicht.
Jetzt kam eben Herr Dr. Poye, der Tierarzt, aus dem Ratskeller. Er näherte sich mit einknickenden Beinen der Gruppe, und der Polizist wandte sich an ihn:
»Könnten Sie freundlicherweise ein Gutachten darüber abgeben, Herr Doktor, ob dieses Lebewesen etwa noch minderjährig ist?«

Auch Herr Dr. Poye hatte lange bei den Kapitänen gesessen. »Minderjährig?« fragte er den Polizisten. »Sehen Sie denn nicht, es hat ja schon einen Schnurrbart.«

So erreichten Onkel Mo und das Meerschwein unbehelligt das Bellestremsche Haus, wo Emilie und Manuela Hinkel schon auf sie warteten. Onkel Mo setzte das Meerschwein auf den Tisch. Das Meerschwein erhob sich auf den Hinterpfoten und begann, nach einer Musik, die es selbst hervorbrachte, zu tanzen, bis es wieder umfiel und in seinen tiefen Schlaf zurücksank.

Manuela bettete das Meerschwein zärtlich in seinen Korb.
»Jetzt hatten Sie endlich einmal einen richtigen Spielgefährten«, sagte sie an der Haustür zu Onkel Mo. »Vielleicht gebe ich Ihnen das Meerschwein, wenn wir unseren Kinderlandausflug machen, wieder zum Kümmern, und Sie dürfen es dann den ganzen Tag lang behalten.«
»Aber Onkel Mo kommt doch mit auf den Ausflug«, warf Emilie hastig dazwischen. »Er ist doch mein Onkel.«
Manuela Hinkel überlegte.
»Dann könnte ich Frau von Latorf, meine Tante, vielleicht auch mitnehmen«, sagte sie.
»Merkst du nicht selbst«, sagte Emilie, »daß das etwas vollkommen anderes ist?«
»Du meinst«, fragte Manuela, »weil Onkel Mo eigentlich aus dem Tierreich stammt?«
Sie überlegte erneut und sagte:
»Dann könnte ich ja vielleicht das Meerschwein mitnehmen und Hetty und Netty ihren Kanarienvogel.«
»Nein, merkst du nicht selbst«, versetzte Emilie, »daß das etwas vollkommen anderes ist?«

Onkel Mo als Kunstmaler

Jene großen apfelsinenfarbenen Affen, von denen Onkel Mo einer war, tragen oft einen schmerzlichen Zug im Antlitz.
Worüber sind sie traurig?
Darüber, daß sie vergebens aufgewacht sind.
Denn am liebsten schlafen sie. Und wenn sie schon aus dem Bett und auf den Beinen sind, meinen sie, muß es sich wenigstens lohnen.

An dem Mittag, von dem wir erzählen, sah Onkel Mo nicht bloß mißmutig und überbürdet aus wie um diese frühe Stunde meistens. Nein, sein Gesicht wirkte ausgesprochen unglücklich, und Emilie ahnte sogleich, daß er kurz davor stand, etwas in Gang zu setzen, das ihm vor seiner äffischen Vernunft erklären würde, weshalb er lebte und nicht schlief.

Richtig. Onkel Mo regte sich nach einer Weile.
Er stieg mit düsterer Miene vom Bücherschrank und holte des Steuermanns Malkasten aus seinem Fach. Damit setzte er sich vor die Staffelei und malte ein buntes Bild.
Das Bild zeigte ein Schiff aus gelbem Holz, das auf einer Wiese stand. Über die Wiese waren gelbe Holzbänke verstreut. Auf den Bänken und auf dem Schiff saßen Leute mit runden Hüten, und alle hielten Bananen in der Hand und lachten den Beschauer an.
(Was das für ein gelbes Holz war?
Wir vermuten: Bananenholz).

Emilie fand Onkel Mos Gemälde sehr gelungen.

Und sie erinnerte sich daran, daß sie auf dem Schulweg einen Aufruf des Doberaner Kunstvereins gelesen hatte, worin alle Werktätigen aufgefordert waren, ihre Kunstwerke bei Herrn Popplow, dem Vorsitzenden des Vereins, für eine Ausstellung einzureichen.
Kurz entschlossen nahm sie das Bild und trug es zu Herrn Popplow.

Herr Popplow war ein nützlicher Rentner. Das heißt, er übte seinen Beruf nicht mehr aus und diente doch der Allgemeinheit.
Als erstes betrachtete er die Unterschrift des Malers.
Onkel Mo hatte das Bild mit »Mo Bellestrem« unterschrieben. Aber der rechte Strich des Buchstaben M war ihm nach unten hin etwas zu lang geraten, und der Buchstabe o war etwas zu klein und fast wie ein Punkt ausgefallen, und Herr Popplow glaubte also, ein verschnörkeltes »J. Bellestrem« zu erkennen.
»Ein ausgezeichnetes Kunstwerk«, sagte er. »Was stellt es dar?«
»Das sieht man doch«, sagte Emilie.
»Besser, man fragt«, erwiderte Herr Popplow.
»Ich kann nicht erklären, was man sowieso schon sieht«, sagte Emilie.

»Gut, gut«, sagte Herr Popplow. »Ich behalte das Kunstwerk hier und gebe rechtzeitig Bescheid.«

Herr Popplow hielt Wort und erschien bereits am darauffolgenden Tag bei den Bellestrems.
»Der Steuermann zugegen?« fragte er Emilie.
»Leider nicht«, gab Emilie Auskunft.

»Wann kommt er zurück?« fragte Herr Popplow.
»Das wissen wir ja niemals«, sagte Emilie.
»Wer ist wir?« erkundigte sich Herr Popplow.
»Wir armen Seemannsfrauen«, sagte Emilie voll Mitleid mit sich selbst.
»Dann richte ihm bitte aus«, sagte Herr Popplow ungeduldig, »er soll sich jedenfalls heute abend zur Eröffnung meiner Ausstellung einfinden. Sein ausgezeichnetes Kunstwerk wird ganz sicherlich den Wettbewerb gewinnen, und ich werde ihm den Goldenen Pinsel der Stadt Doberan überreichen.«
»Ich glaube nicht, daß er heute noch eintrifft«, sagte Emilie. »Wenn ich nicht irre, befindet er sich in der Gegend von Honululu oder noch weiter hinten.«
»Wann kann er dann das Bild gemalt haben?« wollte Herr Popplow erfahren. »Es ist ja noch frisch.«
»Das Bild hat mein Onkel gemalt«, sagte Emilie.
»Dein Onkel?« fragte Herr Popplow unangenehm überrascht.
Er durchdachte die Lage in seinem Kopfe und entschied dann: »Nun schön, dann bestelle es deinem Onkel. Besitzt er einen schwarzen Anzug?«
»Er besitzt keinen schwarzen Anzug«, sagte Emilie. »Er ist ein Affe.«
»Das ändert alles«, sagte der Kunstvorsitzende. »Es ist allgemein bekannt, daß ein Affe kein erwähnenswertes Meisterwerk schaffen kann.«

Er drehte sich auf dem Fuß um, ging zu seinen Bildersälen und setzte Onkel Mos Gemälde ohne viel Federlesen vor die Tür.

Am Abend waren die Straßen Doberans dicht gefüllt. Die Bürger strömten zur Ausstellung des Kunstvereins.

Bevor sie indes hineingehen konnten, sahen sie das Bild mit dem Schiff auf der Wiese an der Hauswand lehnen, und es gefiel allen, und sie blieben auf dem Gehsteig stehen, um es zu betrachten. Es bildete sich eine große Ansammlung.

Und als Herr Justus Breese, der Bürgermeister, eintraf, um die Ausstellung zu eröffnen, fand er die Räume innen ganz leer und die Straße draußen voller Menschen.
»Wo soll ich denn nun meine Ansprache halten?« fragte er Herrn Popplow.

»Hier bei mir«, riet ihm Herr Popplow. »Es ist der passende Ort.«
»Hier hört mich doch keiner«, wandte Herr Justus Breese ein.
»Das macht nichts«, sagte Herr Popplow. »Hauptsache, der Ort ist passend.«

Aber der Bürgermeister liebte es, angehört zu werden. Er hielt seine Rede draußen vor Onkel Mos Gemälde und sagte:
»Es ist immer schön, wenn ein Einwohner unserer Stadt ein Bild malt, aber am schönsten ist es, wenn er ein schönes Bild malt, und ich finde dieses Bild des Affen Mo Bellestrem ebenso wunderschön wie Sie, meine lieben Mitbürger, alle.«
Und er fügte hinzu:
»Ich mache auch darauf aufmerksam, daß der Affe Mo Bellestrem bereits einen Orden besitzt.«

Zur gleichen Stunde saßen Emilie und Onkel Mo in der Krone eines Akazienbaumes und lasen beim Licht der über ihnen schwebenden Straßenlaterne im Telephonbuch.
Das war ein Spiel, das sie gern miteinander spielten. Es hieß: Menschen nennen und lachen. Es ging folgendermaßen.

KUNST-SALON

Emilie las einen Namen vor, zum Beispiel den Namen »Müller Martin«, und dann mußten beide entsetzlich lachen.
Dann las Emilie den nächsten Namen vor.
»Müller Matthias«, sagte sie. Und wieder lachten beide, obgleich es dafür überhaupt keinen Grund gab.

Dann aber hielten sie still; denn unter ihnen kamen Herr Popplow und ein Vorstandsmitglied des Kunstvereins, es war ein gewisser Herr Klevenow, geschritten und suchten Einlaß im Haus.
»Jetzt bringe ich dem Affen schon persönlich den Goldenen Pinsel«, sagte Herr Popplow verärgert, »und er ist sogar zu ungeschickt, um anwesend zu sein und ihn entgegenzunehmen.«
»Wenn einer so schöne Bilder malen kann«, sagte Herr Klevenow, »wird es ihm auf einen Pinsel mehr oder weniger auch nicht ankommen.«
»Was?« fragte Herr Popplow. »Sie finden dieses Bild ebenfalls schön?«
»Ach ja!« sagte Herr Klevenow. »Es ist richtig etwas für die Seele.«
Dann gaben sie es auf, an der Türglocke zu läuten, und kehrten um und verschwanden mit ihrem Pinsel in der Dunkelheit.

»Müller Max«, las Emilie vor.
Und Onkel Mo und Emilie prusteten los und strampelten mit den Füßen und lachten so unmäßig, daß sie um ein Haar vom Ast gefallen wären.

Onkel Mo auf dem Kinderlandausflug

Der Tag für den Kinderlandausflug war herangebrochen. Die Morgenröte schimmerte vorm Fenster, und Emilie lag im Bett und wartete auf den Wecker.

Warum klingelte er nicht?

Ob er stehen geblieben war?

Emilie wickelte sich aus ihren Decken und sah nach. Der Wecker tickte und schien ganz in Ordnung. Sie zog ihn vorsichtshalber noch einmal auf und ging wieder zu Bett. Im Garten zankten sich die Spatzen mit den Staren. Aber der Wecker wollte und wollte nicht läuten. Emilie sprang zum zweiten Mal hoch und stellte den Wecker eine Stunde vor und sprang ins Bett zurück und schloß fest die Augen, und da endlich rasselte das Ding los und weckte sie.

»Aufstehen«, rief Emilie zur Bibliothek hinein. »Der Wecker hat geklingelt.«
»Mo«, sagte Onkel Mo, der auf dem Schrank schlief.
Das meinte:
»Zieh dich erst einmal an. Affen sind viel schneller fertig als Mädchen.«

Also putzte sich Emilie die Zähne und kämmte sich und war bereit zum Abmarsch. Aber als sie wieder zur Bibliothekstür hineinschaute, lag Onkel Mo in tiefem Schlummer. Er hörte auf keinen Zuruf und wollte nicht mit sich reden lassen.
Emilie mußte ohne Onkel Mo zum Heiligen Damm.

Am Alexandrinenplatz, wo sie mit ihren Freundinnen verabredet war, wurde Emilies Geduld stark beansprucht. Es dauerte genau sechzig Minuten, bis Hetty und Netty sich einfanden. Aber dann war auch gleich Manuela zur Stelle.
Sie hüpften los und waren guter Dinge und schwatzten viel durcheinander.

Der Weg ging durch einen Wald von hohen Buchen. Die Buchen hatten glatte graue Stämme. Das Licht fiel schräg durch die grünen Wipfel.

Nachdem sie ziemlich lange gelaufen waren, endete der Wald, und es wurde ihnen warm.

Sie hörten auf zu schwatzen und beschäftigten sich mit der Arbeit des Wanderns.

Sie waren nicht wenig erschöpft, als sie in der Ferne das Meer rauschen hörten und die zartbunten Kieselsteine des Heiligen Dammes sich quer vor ihnen am Rand des Himmels hinzogen.

Manuela Hinkel ließ sich auf ihren Hintern fallen und sagte mit weinerlicher Stimme:
»Ich habe mir alle beide Fußstrümpfe durchgelaufen.«
»Was hast du dir durchgelaufen?« fragte Emilie.
»Meine Fußstrümpfe«, klagte Manuela. »Sie haben unten lauter Löcher.«
»Du meinst deine Strümpfe«, verbesserte Emilie. »Es ist ganz überflüssig, den Körperteil eigens vor das Kleidungsstück zu setzen. Wer sagt denn Fuß-Strümpfe?«
»Und sagt man nicht Hand-Schuhe?« fragte Manuela. »Oder Ohren-Mütze?« Sie schluckte und verzog die Nase.
»Schon gut«, sagte Emilie. »Wir wollen gleich ins Wasser und dann tüchtig frühstücken, und dann wird uns allen besser sein.«

Die vier Mädchen stürmten zum Strand.

Aber mitten in den plätschernden Wellen stand ein Schild mit der Aufschrift:
»Wegen vorübergehender Verunreinigung Baden verboten.«
Die Mädchen schlenderten enttäuscht zu der Verkaufsbude mit den kühlen Getränken und dem warmen Imbiß. An der Bude hing ein Schild:

»Wegen Verkaufsstellen-Landausflug vorübergehend geschlossen.«
Da war ihnen allen schlimm.
Denn nichts ist für die Seele heranwachsender Mädchen zerstörerischer, als wenn Enttäuschung sich mit Hunger verbindet.

Onkel Mo erwachte an diesem Tag zeitiger, als er sonst pflegte. Er fand Emilie nicht vor und wunderte sich.

»Weshalb ist sie ohne mich fortgegangen?« dachte er. »Wir waren doch verabredet.«
Er beschloß, sie einzuholen.
Er versah sich mit einem Büschel Bananen und verließ das Haus und schlug sich in den Wald. Im Wald kam eine kleine Eisenbahn dahergepoltert. Weil sie eben einen Bogen fuhr, fuhr sie nicht sehr schnell. Onkel Mo sprang auf und machte es sich auf den Puffern bequem.

Die vier Mädchen saßen auf den Kieseln und starrten mutlos vor sich hin. Plötzlich bildeten sich auf dem Meeresspiegel zwei Ausbuchtungen, und zwei nackte Männer mit Taucherbrillen stiegen an Land. Dort blieben sie stehen. Sie zitterten, und das Wasser tropfte an ihnen nieder.
»Ich erkenne sie«, sagte Hetty Breese.
»Ich leider ebenfalls«, sagte Netty Breese. »Es sind Traugott und Edwin.«
Die Pister-Zwillinge tropften und tropften.
»Sie tropfen nun schon eine halbe Stunde«, sagte Emilie, die auf die Uhr gesehen hatte. »Weshalb tropfen sie nicht ab?«
Da entdeckten sie, daß es Tränen waren, die den Pister-Zwillingen unaufhörlich aus den Taucherbrillen rannen.
»Worüber weint ihr?« fragte Emilie.
»Das Meer ist so schmutzig«, erklärte Traugott Pister.
»Warum seid ihr dann hineingegangen?« forschte Emilie weiter.
»Wir wollten ja nicht«, schniefte Traugott.
Und Edwin fügte hinzu:
»Aber dann haben wir gesehen, daß es verboten ist, und dann mußten wir ja doch hinein.«
Wieder schoß ihnen das Wasser aus den Augen und verursachte feuchte Flecke auf den Steinen.
Emilie suchte nach einem Trost.
»Wollt ihr uns vielleicht am Ohr ziehen?« schlug sie vor.
Die Pister-Zwillinge schüttelten die Köpfe.
»Ihr könntet auch mit Kieseln nach uns werfen«, bot Emilie an.

Aber die Zwillinge weinten nur laut und herzzerreißend. Ihr Gram war so ansteckend, daß Manuela Hinkel laut losplärrte und alle vier Mädchen mitweinen mußten.

Onkel Mo stieg auf eine Telegraphenstange, um nach den Ausflüglern Umschau zu halten.
Da fiel sein scharfes Auge auf eine Mastspitze, die sich von hinterm Meere her langsam näherte.
»Das gibt eine Überraschung«, dachte er sofort.
Er beeilte sich und erreichte die schluchzende Reisegesellschaft.
»Mo«, sagte er. »Mo, mo.«
Das erste Mo bedeutete: »Was ist denn hier los?«

Das zweite: »Ich denke, hier ist Kinderlandausflug?«
Und das dritte: »Warum machen wir denn nichts Schönes?«

Onkel Mo sammelte alle Taschentücher ein, die die Kinder bei sich trugen. Jetzt hatte er vier Taschentücher.
(Weshalb vier? Man muß mitzählen. Emilie hatte ein Taschentuch, und Manuela hatte eines, und Hetty und Netty hatten je eines, und die Zwillinge hatten mitsammen keins; es macht also vier Taschentücher).
Aus den Taschentüchern knotete er kleine Puppen. Und er stieg in die Verkaufsbude, ließ den Klappladen herunter und gab den Kindern eine Puppenvorstellung. Das Stück spielte in der Südsee. Es traten vier Personen auf, nämlich eine fleischfressende Pflanze, eine Riesenschlange, der Kasper und die Frau des Kaspers. Es traf sich gut, daß Onkel Mo vier Taschentücher und vier Hände hatte. So konnte er die vier Rollen gleichzeitig darstellen.

Die Kinder saßen vor dem Theater in der Sonne, kauten an Onkel Mos Bananen und lachten sehr, weil der Kasper, der von seiner Frau zur Gartenarbeit befohlen war, beim Füttern der Blume in den Finger gebissen wurde und statt am Gartenschlauch am Schwanz der Schlange zog.

Sie merkten gar nicht, wie ein Schiff seinen Kurs hart zum Ufer nahm. Ein braungebrannter Mann sprang mit seinem Sack von der Reling einfach auf den Damm herüber.
Es war der Steuermann Jakob Bellestrem.

Er verabschiedete sich mit erhobener Hand von dem Schiff, das schnell weiterdampfte.
Dann setzte er sich in die letzte Reihe und sah auch zu und lachte, bis das Schauspiel zu Ende war. Dann klatschte er mit den anderen.
Dann erst sah ihn Emilie.
Sie fiel ihrem Vater um den Hals und hing da und war nicht leicht abzulösen.

Dann gingen sie alle zusammen nach Hause. Sie hatten sich in Paaren an den Händen gefaßt.
Vorn gingen der Steuermann und seine Tochter.
Hinter ihnen gingen Onkel Mo und Manuela Hinkel.
Als dritte gingen Hetty Breese mit Traugott Pister, und Edwin und Netty gingen am Schluß.
»Wollen Sie mich nicht einmal besuchen und mein Meerschwein sehen?« fragte Manuela Onkel Mo.
Onkel Mo ließ sie reden.
»Auf meinem Bücherschrank wirst du nie sitzen!« dachte er.
Und er blickte liebevoll auf Emilies Rücken und war stolz, daß er sie, was immer geschah, gut beschützt hatte.